天婦羅奧運會即將開始了，
究竟誰能率先變成天婦羅，
第一個抵達終點呢？
所有選手都迫不及待的
等著開跑的那一刻。
今天的比賽就由我——檸檬，
從直升機上為大家實況轉播。
好了，時間差不多了！
「各就各位，預備……」

天婦羅奧運會

砰！

選手們同時起跑了，

第一關是麵粉大道！

選手們必須一邊跑，

一邊往身上塗抹麵粉。

麵粉的粉塵四處飛散，整條路都白茫茫的。

接下來，迎接他們的是一片麵衣海。
地瓜表情堅定的前進著，
南瓜、青龍椒還有洋蔥也緊追在後。
哎呀！青紫蘇狀況不妙，看來陷入苦戰了！

啊ㄚ！
這ㄓㄜˋ裡ㄌㄧˇ發ㄈㄚ生ㄕㄥ
重ㄓㄨㄥˋ大ㄉㄚˋ事ㄕˋ故ㄍㄨˋ了ㄌㄜ！

差ㄔㄚ點ㄉㄧㄢˇ滅ㄇㄧㄝˋ頂ㄉㄧㄥˇ的ㄉㄜ蠶ㄘㄢˊ豆ㄉㄡˋ
一ㄧ把ㄅㄚˇ抓ㄓㄨㄚ住ㄓㄨˋ原ㄩㄢˊ本ㄅㄣˇ插ㄔㄚ在ㄗㄞˋ洋ㄧㄤˊ蔥ㄘㄨㄥ身ㄕㄣ上ㄕㄤˋ的ㄉㄜ牙ㄧㄚˊ籤ㄑㄧㄢ，
結ㄐㄧㄝˊ果ㄍㄨㄛˇ，把ㄅㄚˇ整ㄓㄥˇ支ㄓ牙ㄧㄚˊ籤ㄑㄧㄢ給ㄍㄟˇ抽ㄔㄡ出ㄔㄨ來ㄌㄞˊ了ㄌㄜ！

糟ㄗㄠ糕ㄍㄠ！洋ㄧㄤˊ蔥ㄘㄨㄥ的ㄉㄜ身ㄕㄣ體ㄊㄧˇ
正ㄓㄥˋ在ㄗㄞˋ瓦ㄨㄚˇ解ㄐㄧㄝˇ中ㄓㄨㄥ！

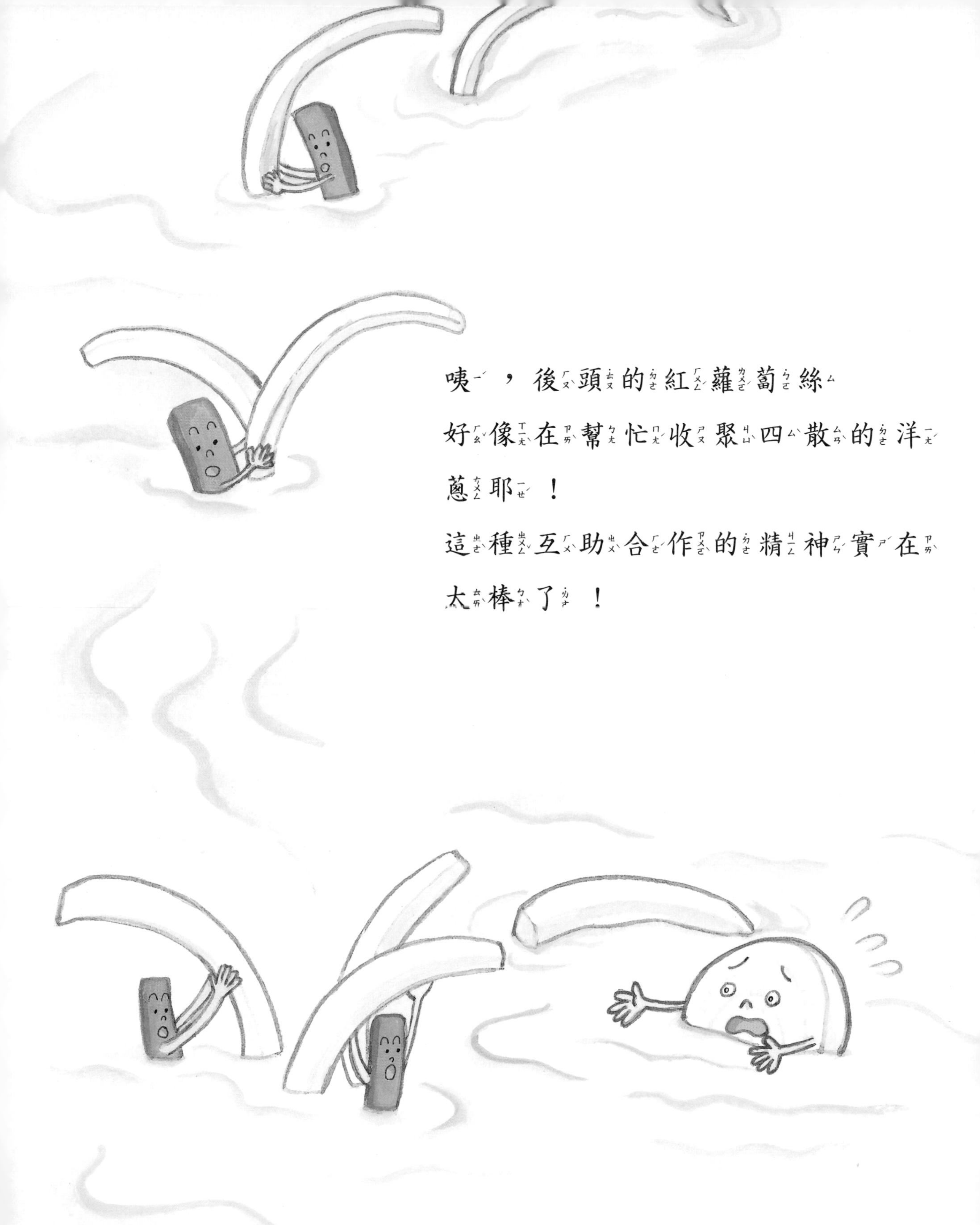

咦，後頭的紅蘿蔔絲
好像在幫忙收聚四散的洋
蔥耶！
這種互助合作的精神實在
太棒了！

選手們一一的從麵衣海上岸。

蝦仁身上的麵衣沾得不夠多，

白蘿蔔泥裁判好像在提醒他未達標準。

另一邊，我們再來看看原本四散的洋蔥……

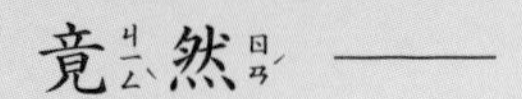

竟然——

和對他伸出援手的紅蘿蔔絲黏成一團，結為一體了！

接下來情況會怎麼發展呢？

裹著麵衣的選手們來到了
咕嘟咕嘟滾啊滾的
燒燙燙油泳池！

所(ㄙㄨㄛˇ)有(ㄧㄡˇ)的(ㄉㄜ˙)選(ㄒㄩㄢˇ)手(ㄕㄡˇ)都(ㄉㄡ)毫(ㄏㄠˊ)不(ㄅㄨˋ)退(ㄊㄨㄟˋ)縮(ㄙㄨㄛ) ，
說(ㄕㄨㄛ)跳(ㄊㄧㄠˋ)就(ㄐㄧㄡˋ)跳(ㄊㄧㄠˋ) ！

咻嘩嘩嘩嘩嘩嘩嘩

咻喔喔喔咕嘟咕嘟咕嘟

咻嘩嘩嘩劈哩劈哩劈哩

滋滋滋滋滋滋

劈哩劈哩劈哩劈哩

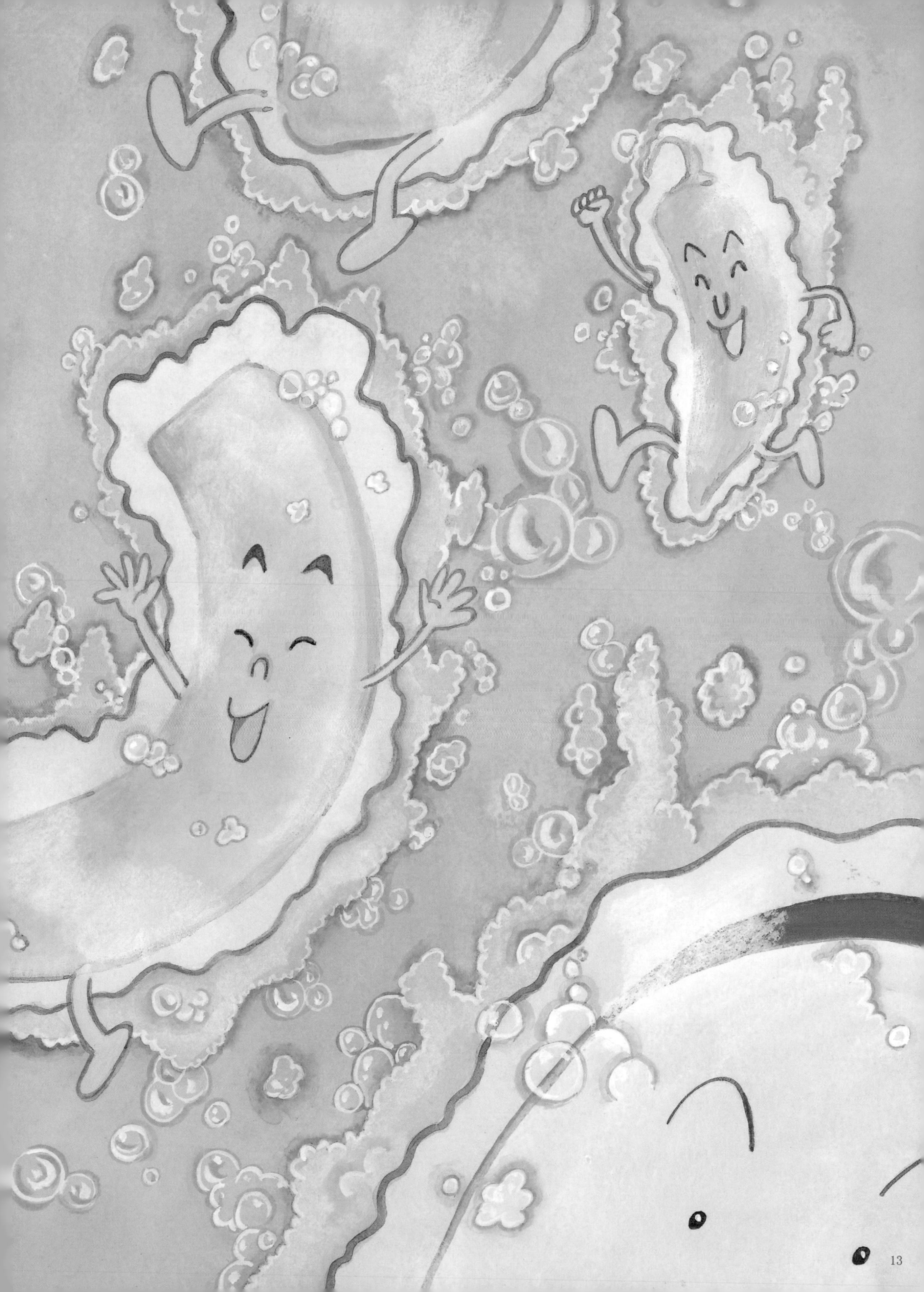

炸得酥酥脆脆的選手們，
一個接一個的離開油泳池。
咦！那是黏成一團的
洋蔥和紅蘿蔔絲嗎？
竟然變成這麼迷人的炸什錦了！

花枝腳好像太早上來了，裁判要他回到油泳池裡再炸一遍。

接下來是決定命運的關鍵時刻。

這裡是瀝油站，

選手們必須在這裡濾掉身上多餘的油。

要是沒有通過這一關，

全身油膩膩的，一點也不好吃！

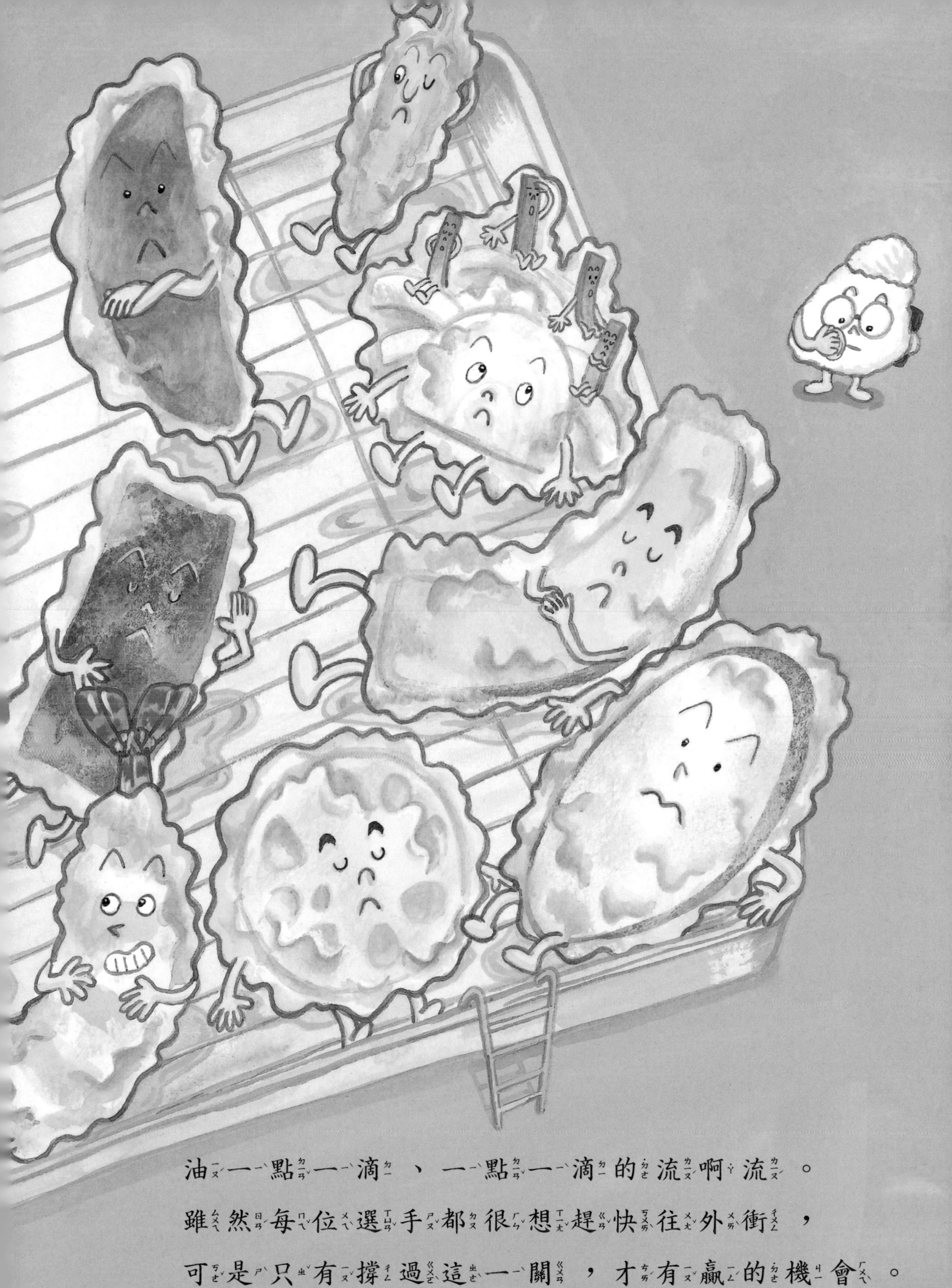

油一點一滴、一點一滴的流啊流。

雖然每位選手都很想趕快往外衝，

可是只有撐過這一關，才有贏的機會。

裁判嚴格的把關，
仔細的檢查每一位選手。

哎呀！竹輪身上的油
好像沒有瀝乾淨呢！

只有通過裁判檢查的選手，

才可以繼續向前衝。

來唷！就剩最後一段路！

終點近在眼前了！

啊！原本領先的

青龍椒摔倒了！

身上的麵衣應聲脫落，

出局！

炸什錦衝到前頭了，

後面緊跟著炸蝦和炸地瓜！

到底誰會得第一呢？

炸什錦？炸蝦？還是炸地瓜？

終於……

抵ㄉㄧˇ達ㄉㄚˊ終ㄓㄨㄥ點ㄉㄧㄢˇ——！

冠ㄍㄨㄢˋ軍ㄐㄩㄣ是ㄕˋ炸ㄓㄚˊ什ㄕˊ錦ㄐㄧㄣˇ！

擺盤的時候，
冠軍得主炸什錦被放在正中央，
看起來很開心的樣子。
謝謝各位的加油和鼓勵，
天婦羅奧運會下次見。
再會！

剛炸好的天婦羅，沾一點點鹽巴或天婦羅醬，送進嘴裡喀滋一聲咬下去，那瞬間真是美妙無比。

我非常喜歡天婦羅，雖然隨著年齡增長，喜愛的天婦羅種類有些會跟著改變，不過，我對地瓜天婦羅的喜愛倒是始終如一。而最令我驚豔的，是大約中學時邂逅的冰淇淋天婦羅。旅行途中，看見攤販旁立著「冰淇淋天婦羅」的旗子，興致勃勃的我立刻買了一份，當場大啖美食。包裹在熱騰騰的麵衣之中，雖然表面開始融化了，裡面可是冷冰冰的冰淇淋啊！長大後，為了重現當時的驚豔之感，我決定自己動手炸冰淇淋天婦羅。沒想到，當我把裹好麵衣的冰淇淋一放入油鍋，冰淇淋瞬間融化了，幻想破滅！剛好也回憶起這件事，所以我在天婦羅奧運會的比賽選手中，加入了冰淇淋天婦羅這個角色。冰淇淋天婦羅就不再多提了，此時，真的好想吃吃酥脆可口的天婦羅啊！

各位讀者，你們喜歡哪一種天婦羅呢？

野志明加／文・圖

1978年出生於日本和歌山縣，國際學院(International Academy)結業。
繪本作品包括：《好吃的服裝店》、《好吃的服裝店：甜蜜歡樂舞會》、《香蕉爺爺香蕉奶奶》（三民書局）、《動物們的冬眠旅館》（大穎文化）、《交給我！》（薪展文化）、《小布、小霹、小多購物記》、「微笑熊」系列（光之國出版）等。

©天婦羅奧運會 2022年4月初版三刷

文圖／野志明加　譯者／米　雅
發行人／劉振強　發行所／三民書局股份有限公司　地址／臺北市復興北路386號
電話／02-25006600　郵撥帳號／0009998-5　三民網路書店／http://www.sanmin.com.tw
門市部／（復北店）臺北市復興北路386號　（重南店）臺北市重慶南路一段61號
編號：S858961　ISBN：978-957-14-6665-1